ADVIS
A MESSIEVRS
DE
L'ASSEMBLEE.

M. DC XVIII.

ADVIS A MESSIEVRS
DE L'ASSEMBLEE.

MESSIEVR, Puisqu'il a pleu au Roy vous appeller au plus important Conseil, qui se tiendra iamais dans son Royaume, auquel on traictera de la reformation, ou pour mieux dire, de la conseruation de cest Estat, Vous deuez desirer que chacun vous ayde à sousternir ce pesant fardeau, & contribue sur ce subiet quelque bon aduis suiuant sa portee. Ayez donc aggreable que ie vous presente celuy-cy, sans artifice. Mon dessein n'est pas de paroistre sçauant ou eloquent, ains seulement bon François: C'est le seul partage qui m'est resté de la succession de mes ayeuls : la gloire d'estre sorty de gens de bien, & qui aux premieres charges ont tres-dignement seruy. Comme ils ont fait voir leur fidellité parmy les grand emplois, en ma solitude ie tascheray pour le moins a tesmoigner mon affection.

La France est diuisee en trois Ordres, l'Eglise la noblesse, & le tiers estat : Permettez moy que ie vous face voir en gros les malladies de chacun de ces corps, & les remedes que ie croy les plus conuenables : apportez-y le temperament, & ie m'asseure que Dieu les benira.

POVR le premier, representez au Roy que le droit de nomination qu'il a aux benefices con-

4

siftoriaux, succede aux eslections qui se faisoient anciennement, où le S. Esprit estoit inuoqué & deuoit presider : Et partant qu'il en doit vser auec tres-grande crainte, comme de chose dont il rendra compte irremissiblement deuant Dieu.

Qu'il doit faire veoir par des Commissaires choisis le Concile de Trente, à fin qu'en ce qui est de la foy on le reçoiue, & que pour ce qui regarde ou la liberté de l'Eglise Gallicane, ou les droicts du Royaume, ou la seureté mesmes des Edicts de Pacification, il y soit pourueu.

Qu'il ne donne plus de pensions sur les Euefchez, afin que ceux qui font appellez à ce haut ministere puissent dignement s'acquiter de leur deuoir, soit au spirituel par leurs predications & bon exemple, soit au temporel par la distribution du reuenu suiuant les saincts Canons.

Qu'il n'accorde plus de coadiutoreries que aux termes de droict.

Que la prohibition de la pluralité des benefices si religieusement faicte par tous les Conciles soit rigoureusement obseruee en France, & si le Pape par importunité s'en dispense, que les Parlemens reçoiuent les appellations comme d'abus, de ses octrois surprins en sa Chancellerie, & que chacun les puisse impetrer par incompatiblité.

Que toutes les Abbahyes soyent remises en regle, Dieu sera mieux seruy dans les Monasteres : la discipline sera entre les mains des Abbez, qui seront eux-mesmes subiects aux visites des Generaux. Ces belles & grandes maisons, marques de la pieté de nos peres, ne feront pas en ruyne comme elles font : Et quand elles feront remifes en bon eftat, les Gentilshommes dans là campagne feront bien aifes d'y placer vn de leurs enfans:& outre,ceux qui feront pourueus en cefte façon dans les familles particulieres feront obligez de fe contenter, fans reuenir à partage,inconuenient qui n'eft pas petit.

Que le reuenu des beneficiers non refidens demeure affecté irreuocablement aux hofpitaux.

Que les dévolus foient permis fur les benefices côfiftoriaux: aller au contraire eft combattre directement le fainct Efprit.

Qu'il foit de nouueau procedé au régalement des Decimes, afin que les pauures Curez, qui feuls en patiffent, foient aucunement defchargez, & qu'vne infinité de peuple qui crie vengeance deuant Dieu, pour fe veoir fans confolation faute de Pafteur,reçoiue le fecours ordonné de Dieu. Cela fe peut faire fans defpenfe.Suppliez le Roy de nommer dix de fes Officiers qui ayent foing de retirer les baux à ferme de fix annees dernieres de tous les benefices de France par diocefes, pour en faire vne commune : Ce pied eftant fait, le refte ne fera pas malaifé. Outre cela la maifon de ville de Paris offre de le faire à fes defpens.

Povr le fecond, demandez la preference pour la Nobleffe aux Offices & aux benefices: elle eft iufte & fans enuie.

Que les charges de la Guerre & de la Maifon

du Rey ne ſoient plus en vente.

Que toutes les ſuruiuances ſoient reuoquees, & que ceux a qui on en a donné , ſoient obligez d'opter.

Que par loy fondamentale du Royaume tous Gouuernemens & generaux & particuliers finiſſent deſormais dans trois ans , & ne puiſſent eſtre continuez que pour ſix ans au plus. Ne craignez pas que ce point ſoit dangereux ou mal-aiſé: donnez hardiment le conſeil, le Roy l'executera ſans peine : les peuples le deſirent violentement, toute la Nobleſſe a intereſt qu'il ſe face: ce ſont les deux bras de l'Eſtat, pouruec qu'ils conſpirent a quelque choſe , il ny a point de puiſſance aſſez forte pour reſiſter. Ce ſeul moyen oſtera pour iamais l'apprehenſion des guerres ciuiles. Le Roy pourra recompenſer ſes ſeruiteurs ſans fouler ſon peuple. Bref il ſera Roy en effect , au lieu que veritablement il ne l'eſt qu'en tiltre dans les citadelles & places for- tes de France. L'Eſpagne ne ſe conſerue que par ce ſecret.

Que s'il ne veut pas meſcontenter ceux qui ſont en charge, comme perſonnes veritablemēt de tres-grand merite & de tres grande recom- mendation, il peut, ſans leur faire tort, les chan- ger de Prouince a autre de temps en temps: Par exemple, celuy qui commande en Bourgongne, a pres trois ans ſeruira en Guyenne , & ainſi du reſte ſur ce modelle. Que ſi cela meſmes ne ſe peut , au moins que la loy s'obſerue pour les gouuernemens qui vacqueront à l'aduenir.

Donnez aduis au Roy qu'il supprime toutes ses Vniuersitez, excepté quatre les plus fameuses, l'Empire d'Orient n'en auoit que deux, Alexandrie & Beryte. Et faictes que le reuenu de tous les Colleges qu'on ostera par ce moyen, soit affecté desormais à des Academies, où la Noblesse dás les prouinces sera esleuee & nourrie aux exercices au despens du public. Ainsi vous remettrez les arts mechaniques, qui sont tout a fait perdus, le commerce qui est abastardy : & vous deserterez les cohues & les Palais, où les gens de peu, naiz dans la bouë & la fange, font la presse. Le vieux prouerbe dit, Que la sciéce enfle le courage. Et par consequent diminuë l'obeyssance. Le turc est absolu sur ses subiets? parce que le plus habile d'entre-eux ne sçait pas lire. Ils sont tous ou soldats ou marchands, ou artisans, ou laboureurs. Ie veux croire que l'intention de ceux qui nous ont amené ce nóbre effrené de Colleges estoit bonne, mais l'experience nous a fait voir que les effets en sont tres-pernicieux. Premierement, ils ont fait quantité de lettrez, peu de sçauans, & puis la facilité a faict que les moindres artisans, & les plus pauures laboureurs ont enuoyé leurs enfans à ces escolles où on monstre gratuitement Ce qui a tout ruyné. Quiconque a mis le nez dans les liures, dés l'heure s'est rendu incapable de toute autre vacation. Si dans vn bourg quelqu'vn a appris a escrire & trois mots de Latin, soudain il ne paye plus la taille, il est Procureur Syndic ou Tabellion, ou Sergent : & par ce

moyen ruyne ſes voyſins , & chaſſe ſes coheri-
tiers. Les ſciences ne ſont bonnes que pour les
grands eſprits: ſi elles en poliſſent quelques-vns
elles en affoibliſſent mille autres. Ceux qui cou-
rent les rues parlent ordinairement Latin.

I'eſtime & honore les lettres autant que perſonne du monde , pourueu qu'elles ſoient a vn
degré tres excellent. La mediocrité eſt vitieuſe,
& pour paruenir à ce haut point de perfeſtion,
il faut neceſſairement aſſembler en certains lieux
ceux qui ſe voüent à ceſte profeſſion , afin que
l'ancienne diſcipline ſoit vniformement obſer-
uee, & nommément le temps d'eſtude porté par
les conſtitutions. La conference & l'emulation
perfeſtionnent les eſprits. Voyla pourquoy ie
ſouhaite qu'il ny ait plus que quatre Vniuerſi-
nerſitez en France.

P O V R le troiſieſme. Souuenez-vous que le
peuple eſt celuy qui a plus beſoin de voſtre ſe-
cours, comme le plus foullé:& neantmoins c'eſt
le plus puiſſant , il compoſe les villes: le plus neceſſaire, il laboure les terres: le plus vtile: il porte
tout le fonds à l'Eſpargne. Nous auons experi-
menté en ce dernier ſiecle que c'eſt de luy que
depend la paix & la guerre , & ſi ie l'oſe dire,
l'eſtabliſſement entier de la Monarchie. Le
grand Henry, quoy que plain de gloire, & fauo-
riſé de la fortune en mille & mille combats, pour
auoir défait ſes ennemis autant de fois qu'il les
auoit veuz, ne creut iamais ſon empire affermy,
iuſques a ce que Paris luy ouuriſt ſes portes: & a
ſon exemple le reſte des villes de France.

Tout

Tout ce discours ne tend qu'à vous faire voir que si on contente le peuple, qui est tres-aisé à contenter, pour si peu de soulagement qu'il reçoiue, tout est en seureté, au lieu que si on le reduit au desespoir, le premier des Princes ou des Grands qui battra aux champs soubs quelque pretexte specieux, mettra en compromis la couronne soubs le hazard d'vne bataille. Tesmoins Arques & Yury.

Cinq choses l'oppriment grandement, les tailles, les logemens des gens de guerre, le sel, les aydes, & la mangerie des Officiers.

La premiere, est celle à laquelle le Roy peut & doibt pouruoir plus promptement en le deschargeant d'vne partie, & remettant l'autre sur vn expedient que ie vous proposeray, plausible & vtile. On vous dira peut-estre, comme on fit aux derniers Estats Generaux, que le Roy veut auoir son compte, & que le fonds mesmes dont il ioüyst presentement ne peut pas suffire aux despenses ordinaires, bien loin de les diminuer. Mais ne vous arrestez pas en si beau chemin. Ie sçay bien que l'Espargne est espuisee dés les premiers six mois: deux choses sont en cause; les despenses excessiues & inutiles, & la vollerie de ceux qui manient la bourse: remediez-y, & puis vous poursuiurez au reste sans contradiction. Sur tout souuenez-vous que vous n'estes pas assemblez pour trouuer de nouueaux expedients à espreindre & tirer la derniere goutte de la substance du peuple. Le Roy en fin a escouté ses pleurs & gemissements,

& touché de l'esprit de Dieu se resoult de le soulager. Voicy les propres termes de voftre conuocation : *Nous proteftons deuant le Dieu viuant que nous n'auons autre but, & intention que son honneur, & le bien & soulagement de nos subiects. Auffi au nom de luy-mesmes nous coniurons & obteftons ceux qui nous conuoquons, & neantmoins par la legitime puiffance qu'il nous à donnee sur eux, nous leur commandons & tres-expreffement enioignons, que fans autre refpect ny confideration quelconque, crainte ou defir de defplaire ou complaire a personne, ils nous donnent en toute franchife & fincerite les conseils qui iugeront en leurs confciences les plus falutaires & conuenables au bien de la Chose-publique.* Apres cela qu'elle excuse y pourra il auoir pour vous fi vous ne faictes pas bien ? Vous auez vn tres-grand aduantage fur tous ceux qui ont iamais eu l'hôneur d'vn pareil employ. Vous auez affaire a vn Prince abfolument porté a fuiure vos aduis. Parmy les graces que le ciel a verfé auec affluence fur fon efprit celle-cy paroift eminemment, il croit fon Confeil, & ne fe refout qu'auec luy. Ie le dit hors de tout foupçon de flatterie, il eft plein de pieté, iufte, courageux, ferme & conftant en fes refolutions. Voyla pourquoy & vous & ceux qui s'approchent le plus pres de fa perfonne ferez tous coulpables deuant Dieu & deuant les hommes, fi fon regne n'eft pas le plus floriffant qui ait efté depuis la naiffance de cefte Monarchie. Tout confpire a cefte grãdeur, nos Princes font pleins d'affection & d'obeyffance : Ils ont apprins combien il eft

malaifé, voire impoffible de refifter, ie ne dis pas
a vn puiffant Roy, & qui graces à Dieu fe peut
mettre à la tefte de fon armee:mais non pas mefmes à l'ombre empruntee de fon nom. Agiffez
donc courageufement & en gens de bien, com-
mencez par le retranchement de la defpenfe, &
à cefte proportion vous diminuerez la recepte:
examinez l'Eftat: Le premier chapitre, c'eft la
maifon du Roy: vous trouuerez qu'elle monte
dix fois plus que du temps de ces grands Princes
Charles VII. Louys XI. Charles VIII. Louys
XII. François I. ils n'en eftoient pas moins bien
feruis:leur memoire n'en eft pas moins glorieu-
fe, & les François en eftoient beaucoup plus
foulagez. Auffi quand il falloit faire vn effort, il
eftoit aifé d'en trouuer le fond dans la bourfe
des fubiets riches & affectionnez,tefmoin la pri-
fon du Roy Iean:au lieu qu'à cefte heure s'il
faut rachapter quoy que ce foit de cent mil
efcus d'extraordinaire, fi ceux mefmes qui les
ont engloutis ne les revomiffent,il n'eft pas pof-
fible de les trouuer:tefmoin les Triennaux. Le
Turc de qui les loix politiques font auffi excel-
lentes comme la religion eft brutale, tient cefte
maxime de ne prendre les deniers leuez fur le
peuple que pour la defenfe & conferuation d'i-
celuy, appellant cela *Le prohibé fang du peuple.*
Lors qu'il faut prendre les armes, & aller à la
guerre,il s'ayde des impofitions & fubfides:mais
en temps de paix il vit du feul profit de fes iar-
dins. Reprefentez donc au Roy que s'il veut
faire quelque reformation dans fon Eftat,il faut

B ij

qu'il donne l'exemple le premier, & qu'il commence par sa maison.

Le second Chapitre sur lequel vous deuez ietter les yeux, est celuy des Pensions : Vous croirez peut estre que ce que ie vous diray soit vn paradoxe, & neantmoins c'est vne verité tres-certaine : Les pensions ont ruyné la Noblesse. Tel qui viuoit commodément & doucement dans sa maison, & qui mesmes aux occasions pouuoit assembler ses amis, mange le reuenu de tout son bien en trois mois, pour venir demander sa Pension. Vn valet ou deux luy suffisoient: son village ne voyoit ne clinquant ne broderie. A la Cour, il a vn Escuyer, des Gentils-hommes, des Pages : quantité de plumes, quantité de passement d'or. Voila où s'emploie son bien, & ce qui luy reuient de bon d'vne Pension mal payee bien leuee sur le peuple, & encores mieux contee sur le Roy. Et pour preuue de ce que ie dis, Qu'on recherche curieusement s'il y a vn seul Gentilhôme qui ne se soit ou ruyné, ou incómodé à ce mestier-là: sur vn escu de fonds extraordinaire, ils desseignent dix escus de despense : Et c'est ce qui a mené le luxe à ce haut poinct où il est: Comette malheureuse, qui presage infailliblement la ruyne des Estats qu'elle menace. Il y a encores vn autre inconuenient que ce mal produit: C'est que comme il n'est pas possible de donner des Pensions à tous les Gentilshommes, non pas à la centiesme partie: ceux qui n'en ont point ne croyent pas deuoir seruir le Roy sans estre payez. Adioustons-y encores cela raiſon : Les François s'obligent aiſément, & de peu de choſe : mais auſſi ils ne conſeruent pas long temps la memoire des biens-faicts, quels qu'ils ſoient : temoin Henry troiſieme. Cela vient de leur naturel prompt & leger : auſſi voit on qu'en leurs querelles particulieres ils s'accordent volontiers ſans couuer aucune ſorte de vengeance ſur le cœur, mais auſſi tous preſts à ſe couper la gorge auec, le meilleur amy qu'ils ayent. Conſeillez donc au Roy, que s'il ſe veut faire adorer parmy eux, qu'il leur donne peu & ſouuent, rien de certain, ou d'eſtably : parce que dés l'heure meſmes chacun en fait eſtat comme de ſon propre domaine, & croit que cela luy eſt deub HENRY LE GRAND a eſté le premier qui a dreſſé vn Eſtat des penſions la neceſſité l'y obligea : car apres les guerres ciuilles ſe trouuant grandement incommodé, & neantmoins chragé d'vne infinité de Nobleſſe qui auoit employé tout ſon bien pour luy ayder à conquerir ce Royaume, ne ſçachant dequoy les recompen-ſer, creuſt qu'il leur deuoit pour le moins don-ner moyen de viure, & de s'aquitter inſenſible-ment. Ceſte cauſe ceſſe maintenant, peu de ceux qui ſont dans l'Eſtat ont veu ce temps-là. Puis donc que les Penſions ne profitent à perſonne, quel danger y a-il de les oſter?

Apres cela, iettez les yeux ſur la guerre : & conſeillez au Roy de ne tenir plus ſur pied que ſon regiment des Gardes, ſes Suiſſes, & ſa Com-pagnie de Genſdarmes : au meſme eſtat que le tout eſtoit durant le feu Roy : Auſſi bien le

reste n'est qu'vn ombre & vn moyen pour vo-
ler ses finances : Le papier souffre tout. Et à fin
que nous ne puissions iamais estre surprins, &
que nos forces soient redoutables par tout le
monde : proposez de faire vne milice generalle
dans ce Royaume , & que chasque Prouince en
cas de necessité soit tenuë d'entretenir & armer
à ses despens vn regiment & vne compagnie de
caualerie soubs la conduite de ceux qu'il plaira
au Roy de nommer: Et que ses troupes se met-
tent en bataille deux ou trois fois l'an , chacune
en son endroit, & apprennent les exercices. En
ceste façon le Roy sera tousiours asseuré de
trois ou quatre mille cheuaux, & de vingt-cinq
ou trente mille hommes de pied. Le peuple ne
sera iamais foulé, parce que premierement il sera deschargé de ce qui se leue pour les gens de
Guerre, qui n'est pas peu : ceste despence n'arri-
uera peut-estre qu'vne fois en dix ans , la leuee
n'en coustera rien , ils payeront reglément aux
logemens qu'ils feront parce qu'ils feront leurs
monstres en la mesme façon: Bref, ils viuront en
France comme ils viuent par tout aillieurs, c'est
à dire, auec ordre & discretion. Il ne faudra plus
ny Commissaires, ny Côtrerolleurs, ny Payeurs,
ny Thresoriers de l'ordinaire, ou de l'extraordinaire. Chasque Prouince fera son cas à part,
& payera ses gens sans que personne s'en mesle.
Outre, que l'armee sera composee de soldats
choisis, bien armez , & qui auront apprins leur
mestier , au lieu que maintenant en nos troupes
on ne voit que gens ramassez & sans discipline

Les plus belliqueuſes nations du monde en font
ainſi, & s'en treuuent bien. Si vous le faictes,
vous guerirez la ſeconde des playes du peuple,
qui eſt le paſſage des gens de guerre, qui ne peut
receuoir remede quelconque que celuy là: Parce que tandis que les Officiers du Roy feront
faire les monſtres, l'argent ne viendra iamais à
poinct nommé: & le ſoldat n'eſtant point payé,
aura droict de viure à diſcretion, & ſera meſme
neceſſité à cela. Quant aux places, où vous iugerez à propos qu'il y ait garniſon, faictes en ſorte
qu'on la modere le plus qu'il ſe pourra: & qu'en
fin ce ne ſoit qu'vne compagnie où il n'y ait que
vn chef, point de membres. Ces ordres ſont bons
dans les armees, & inutiles dans les places durant
la paix.

Ce n'eſt pas ſans raiſon, que ie deſire que vous
apportiez voſtre iugement pour faire differen-
ce des places qui meritent garniſon, parce qu'il
y a vne infinité de chaſteaux dans le cœur du
Royaume qu'on deuroit auoir raſez & deſmo-
lis il y a long temps: Tout le reuenu du domaine
s'employe à les reparer, ou à l'entretenement des
Capitaines qui ſont dedans, & des morte-payes,
& ce ne ſont que nids à voleurs aux moindres
mouuemens. Le Roy a commencé par Pierre-
font: faictes qu'il continuë.

Les Suiſſes ſont contenus dans le chapitre auquel ſont employees les Pēſions eſtrāgeres. Pour
quoy faut-il que la France ſe rende tributaire
de ces Bourgmaiſtres inutiles, qui par capitula-
tion expreſſe ne vont iamais aux tranchees, aux

affauts, aux efcarmouches? Le Comte Maurice qui merite le nom de grand Capitaine les mef-prife: Le Roy d'Efpagne mefmes, quoy qu'affamé d'hommes, ne s'en eft iamais voulu feruir. Perdons cette vanité de croire que nous l'en auons empefché par nos brigues. Ayant plus d'argent que nous, s'il euft eu cette paffion, il y a long temps qu'il en fuft venu à bout: il fe contente de les auoir affujettis à garder le Milanois, & la Franche Comté: & nous met en ialoufie pour efpuifer noftre bourfe. Que fi on vous dit que c'eft pour conferuer le paffage d'Italie, ne le croyez pas: vne armee ne fçauroit paffer par leurs deftroits en deux ans. L'argent qui a efté porté en Suiffe depuis la paix, & confumé inutilement, fuffiroit pour conquerir toute l'Europe.

On dit que le Duc de Lerme s'eft feruy de ce moyen pour faire refoudre le Roy d'Efpagne à la paix auec les Pays-bas, luy faifant voir ce que cette guerre luy couftoit: feruez-vous en auffi. Nous n'auons que trop d'hommes en France, inuincibles au combat & à la fatigue, pourueu qu'ils foient difciplinez: trauaillez à cela.

Soubs le mefme chapitre font comprins les regimens entretenus en Hollande. Pourquoy faifons nous cette defpenfe durant la paix? de-quoy nous peuuent ils feruir? Si c'eft à nos guerres ciuiles: pourueu que ceux de la Religion pretenduë reformee ne foient pas de la partie, elles ne feront pas de longue duree: & s'ils y font

engagez

engagez: n'esperez pas que ceux qui par creance & par raison d'Estat sont obligez à les conserruer, vous aident à les ruyner. Si contre les estrangers, ils sont si foibles, qu'à peine se peuuent-ils conseruer : le naturel inaccassible de leurs Isles, faict qu'ils resistent au Roy d'Espagne : mais d'attendre d'eux qu'ils puissent enuoyer vne armée de secours hors de leurs terres, ce seroit folie : nommémeat à ceuy qui sçauent qu'ls ont plus à se garder de leurs peuples mesmes que des annemis, afin qu'ils ne secouent ceste liberté imaginaire plus facheuse à supporter que la plus rude domination d'vn Prince legitime. Il suffira donc que le Roy les protege & les secoure lors qu'il en sera besoin. Voila en gros la despence qu'on peut retrancher : adioutez-y le bon mesnage, & empechez qu'il ne soit pas desrobé, comme il est par tout ceux qui manient son argent : & la France ne vous aura pas peu d'obligation. Ie sçay bien que ce n'est pas vn petit ouurage : mais y doit il auoir rien d'impossible à ceste assemblée où tous les plus grands esprits de ceste monarchie sont conuocquez? Voulez-vous que ie vous ouure vn expedient? ne le recondamnez pas pour estre vn peu rude : tout grand exemple a ie ne sçay quoy d'iniuste qui se compense par l'vtillité que le public en reçoit : & les vlceres inueterez ne se peuuent guerir que par des remedes violents. Donnez aduis au Roy qu'il supprime tous les Officiers de finance : à condition neantmoins de leur payer la rente de ce qu'ils monstreront

auoir actuellement portè dans ses coffres, reser-
ué vn Tresorier de France és Generalitez, où il
y en auoit il y a trente ou quarante ans, & vn
Thresorier de l'Espargne. I'aduoüe que ce seroit rigueur tres-grande d'en vser ainsi a vn autre subjet: Mais a eux, personne ne les plaindra
ains chacun dira que c'est iustice de presser ces
esponges qui auoit espuisé toute la substance
de l'estat. Et de fait la Noblesse est au bissac : le
peuple est à la fin, rien ne paroist que les finan-
ciers : & si dans la robbe longué quelqu'vn est
plus accommodé que de l'ordinaire, indubitablement il a recueilly de leur successions. Les
peuples d'eux-mesmes porteront à l'espargne,
sans fraiz & sans diminution, ce qu'on leur de-
mandera, comme on à veu le Languedoc, la
Guyenne, & la Bretagne le faire souuent:& ces
deniers pour n'estre pas exigez par des loups
impitoyables, ne marqueront pas moins la puis-
sance du Roy, & tesmoigneront beaucoup plus
la bonne volôté & l'amour des subiects. Si ce remede vous semble trop rude, conseillez pour le
moins au Roy qu'il establisse vne chambre de
Iustice, compsée de gens au de la de tout soup-
son pour examiner leur vie passée. E represen-
tez-luy que comme ceste recherche sera tres-
saincte, la composition en seroit damnable:par
ce que ce seroit authoriser le mal & descharger
les coupables pour opprimer les innocens.

Toutes ces despences innutiles estans re tranchees, il sera aisé de diminuer vne partie des
Tailles, encores trouuerez-vous que le Roy en

aura beaucoup plus de quitte qu'il n'a : Le sur-
plus il ne faut reietter sur ce qui entre ou sort du
Royaume , a fin que les estrangers seuls sup-
portent la despense. Et voilla l'expedient que ie
vous auois promis : Ie vous veux faire voir par
demonstration que ce que ie vous dis est infail-
lible. Premierement nous demeurerons tous
d'accord que la France a ce bon heur du Ciel,
qu'elle se peut aisement passer de ses voisins : ses
voisins ne se sçauroiēt passer d'elle. L'Espaigne
n'a point de bled, celuy qui peut venir de Dan-
zic ne vaut rien : outre qu'il est presque tout
pourry , lors qu'il arriue en ses ports à cause de
la longueur du chemin Tout le Septentrion n'a
point de vin:nos sels, nos pastels, nos toilles, nos
cordes, nos cidres vont par tout le monde, & ne
se cueillent en abondance que parmy nous. On
peut hardiment & sans rien craindre hausser le
peage à tel poinct qu'il plaira au Roy : la necessité les obligera de passer par nos mains. En
voulez-vous vne exemple qui n'a point de contredit?il y a dixhuict ou vingt annees que le ton-
neau de vin valloit soixante & quatre-vingts
escus à Bordeaux, les Anglois, les Escossois,les
Hollandois l'enleuoient tous à ce pris la : Maintenant il ne vaut plus que vingt ou vingt-cinq
escus. Quelle raison y a-il de leur souffrir ce
gain a nostre dommage ? Ouy,mais aussi de leur
costé ils nous rencheriront les marchãdises qu'ils
nous debitent? Examinez-en s'il vous plaist, la
qualité, & puis vous iugerez l'importance que
ce nous peut estre. Il ne nous vient point d'ar-

gent d'Angleterre pour tout. Ceux qui ce sont trouuez à Bordeaux és temps des foires en peuuent rendre tesmoignage : ils portent des draps, des sarges, quelque peu de plomb & de-stain ; & auec cela ils enleuent nos denrees. Les Hollandois nous fournissent en partie de sucres, de drogues, & espicerie. Les soyes nous viennent du Leuant : l'Allemagne nous fournit de cheuaux, l'Italie de manufactures. Toutes ces choses sont si peu necessaires qu'il seroit à pro-pos que l'entrée en fust absolument defenduë. Pourquoy faut-il que Milan, Lucques, Gennes & Florence nous vendent si cherement leurs draps de soye & toilles d'or & d'argent, qui ne vont qu'au luxe, & par concequent à la ruyne de l'Estat ? La seule ville de Paris en consume plus que toute l'Espagne entiere. Le Roy Henry se-cond fut le premier qui porta vn bas de soye aux nopces de sa sœur : maintenant il ny a point de petit vallet qui ne se sentist deshonoré d'en por-ter vn de serge : & voyla où va tout l'argent monnoyé de France : Marseille ne fait point de plus grand commerce que celuy. là : quel danger y a-il donc qu'il nous encherissent leur mar-chandises ? Nous apprendrons peut-estre par ce moyen à nous vestir de nos laines, & à nous ser-uir de nos draps. Qu'on defende ce nombre es-pouuantable de carolles qui estonne les murail-les de toutes les villes de France, & nommé-ment de Paris : & puis vous n'aurez plus que fai-re des cheuaux d'Allemagne, qui ne seruent que à cela : Et à fin qu'absolument on se puisse passer d'eux, qu'il plaiſe au Roy d'ordonner qu'en tous les Prieurez & toutes les Abbahyes de France il y ait vn haras plus grand ou plus petit ſuiuant la commodité des lieux, & le departement qui à ces fins ſera faict par les Lieutenans generaux des Prouinces. Iuſques icy on a eu ſi peu de ſoin du public que le Françõis n'a iamais apprins de ſe ſeruir des aduantages que Dieu luy a donnez par deſſus toutes les nations du monde. Il faut ſi peu de ſuccres, de ſpiceries & de drogues pour la neceſſité, que la cherté ne nous ſçauroit incommoder. Ioint que cela obligera nos marchands à entreprendre le voyage des Indes auſſi bien que nos voiſins.

Meſſieurs prenez occaſion ſur ſe ſubiect de repreſenter au Roy qu'il eſt obligé pour la grandeur & reputation de ſon Eſtat, de reſtablir l'Admirauté. A cela il y a deux choſes à faire. premierement, à purger ceſte vermine d'officiers qui vollent tout le monde : ils ont eſté creez pour la ſeureté du commerce : & neantmoins ils ne ſeruent veritablement qu'a piller les marchands, & à deſcrier nos ports. Deux Commiſſaire enuoyez ſur les lieux, auec pouuoir de faire & parfaire le procez à ces gens là, ſuffiront pour y remedier. Outre il faut inſtituer vn ordre general pour la nauigation. N'eſt ce pas vne honte qu'en trois cens lieües de coſte il ne ſe trouuera pas vingt vaiſſeaux François? Et neantmoins, s'il vous plaiſt d'y mettre la main, nons ferons en peu pe temps maiſtres de la mer, & ferons la loy à ces inſulaires qui vſur pent ce tiltre. Nous auons sans comparaison, plus de haures qu'eux, plus de bois & meilleur qu'eux pour bastir les nauires, plus de Matelots; tesmoing qu'ils ne se seruent en leurs voyages que de nos Biscayns, ou de nos Bretons & Normans. Les toilles, les cordes, les cidres, les vins, les chairs sallée, equipages necessaires, se prennent sur nos terres. Il ne reste plus que dôner la formes à ce dessein, la matiere n'est que trop ample. En voicy vn projet : seruez-vous en si vous n'en treuuez point de meilleur ; il ne m'importe pas pourueu que la chose se face, & que le public y profite. Que le Roy par Edict ordône qu'en chaque ville capitalles de ses prouinces les marchands feront vne compagnie pour la navigation, sur le modelled Amsterdan, & equiperont certain nombre de vaisseaux dans les ports les plus proches & les plus commodes: Et pour les inciter d'auantage, qu'on leur accordes de grand priuilleges : comme entre autres, qu'on rabate le dixiéme des imposiós aux nauires François qui entreront ou sortiront sás fraude de nos ports: & qu'il soit defendu à peine de consfiscation de corps & de biens à nos Mariniers d'aller seruir les estrangers. En peu de temps vous ferez vne flotte innombrable, & couurirez la mer de voiles, & si vous employerez quantité de ieune Noblesse qui demeure innutile, & qui s'abastardist.

LE SEL ET LES AYDES sont encores deux rudes charges, la premiere bien plus grande que la seconde : parce qu'il est bien plus aisé de se paſſer d'aller à la tauerne, que de manger du ſel aliment neceſſaire. Neantmoins ie ne croy pas, que vous en deuiez pour ceſte heure demander l'extinction ou la diminution : il ſuffira que le Roy relache les tailles, fardeau preſque inſupportable, iuſques a ce qu'ayant rachepté tout ſon domaine, Dieu luy ouurira les moyens pour rendre la liberté à la France. De tous les meſnages du temps paſſé ie n'en ay approuué qu'vn ſeul c'eſt or emmoncelé dans la Baſtille ne ma iamais eſté de bon augure. Le vray threſor d'vn bon Roy eſt dedans le cœur & dans la bourſe de ſes ſubiects, I'ay condamné ceſte conuerſion des octrois extraordinaires & à temps, en recepte ordinaire : outre que c'eſtoit proſtituer la foy du Prince qui doibt eſtre inuiolable : c'eſtoit oſter vn moyen de ſecourir l'Eſtat à vne extreſmité. Le ſeul meſnage donc que i'ay eſtimé eſtoit le rachapt du domaine en ſeize annees de iouyſſance, & neantmoins c'eſt celuy ſeul qu'on a renuerſé : Dieu le pardonne à ceux qui en ſont coulpables. Remettez donc s'il eſt poſſiblé, ſur pied ces partis, & qu'ils ſoient executez ſans exception de perſonne du monde. Le domaine du Roy s'appelle ſacré : parce que veritablement on ne peut y mettre la main ſans ſacrilege. En general, reiettez auecques honte ceux qui vous propoſeront des expediens pour augmenter la recepte des finances : le peuple n'eſt que trop chargé. Et au contraire accueillez à bras ouuerts les aduis qui vont à diminuer le deſpence, ſoit par retranchement legitime, ſoit par bon meſ-

nage. C'eſt le ſeul moyen qui reſte pour ſoulager le Royaume.

Meſſieurs, voicy le dernier de nos maux & le
plus agité en ceſte ſaiſon, la mangerie des officiers : nous auons deſia parlé de ceux de finance,
reſtent ceux de iuſtice. Ce mal a pluſieurs raci-
nes, il les faut touſiours ſuiure exaꞔtement. Il y
à la diſpence de quarante iours qui rend les offices comme hereditaires la venalité qui les met
en commerce, & le gain ordinaire & toleré qui
les encherit. Il ſeroit à deſirer qu'on peuſt guerir
ces trois maladies tout d'vn coup mais il eſt bien
mal aiſé : tant de gens & ſi puiſſant dans l'Eſtat y
ſont intereſſez que ie craindrois que le remede
ne fuſt pire que le mal. Il faut donc y aller pied à
pied & inſenſiblement. La valeur exceſſiue des
offices eſt le fondement de ce deſordre, il y en à
pour cent millions d'or en France : Le ſeul moyē
qu'on a de le ſapper, c'eſt d'oſter aux Iuges les
eſpices & toutes ſortes d'emolumēs : d'vne pier-
re vous frapperez deux coups, vous les ferez ra-
mander, & ſi vous ſoulagerez grandement le
peuple, qui n'a pas tant d'intereſt a la venalité
ou a la Paullette, comme à l'opreſſion qu'il ſent
à cauſe des actions des miniſtres de Iuſtice :
Outre que c'eſt expedient ſera vtile au public,
aduantageux & honorable pour le Roy : il ſera
tres-bien reçeu de la robbe longue : en ce me-
ſtier-la tout le monde faiꞔt profeſſion d'honneur, au moins en apparence. Tellement que les
plus cupides & les plus auares d'entre-eux loüe-
ront les premiers ceſte reformation. Au lieu

que

que si vous touchez à la Paulette ou à la venalité, les plus gens de bien se plaindront, parce que
veritablement ils seront ruynez. Par ce moyen
nous n'auront plus de procez en France dans
dix ans. Les Iuges en sont beaucoup plus que
les parties. La iurisdiction des marchans est,
sans contredit, la plus courte & la plus equita-
ble: parce qu'elle n'a point d'emolumens. Mon-
sieur le Chancelier de l'Hospital en ceste seue-
re remonstrace qu'il fit au Parlement de Roüen
à la majorité du Roy Charles IX. leur repro-
chant qu'anciennement ce n'estoit qu'vn eschi-
quier qui ne trauailloient que six sepmaines, &
qu'à l'heure il voyoit cent Iuges trop occupez,
& recherchant curieusement la cause de ce
chancre enuenimé qui croissoit à veuë d'œil,
n'en trouue point d'autre, si ce n'est que chacun
veut viure de son mestier, & iceluy faire valoir.
Sur tout, Messieurs, prencz garde de ne mes-
contenter pas tous les officiers, si a mesme temps
vous ne vous resoluez à soulager grandement le
peuple & à leur gaigner le cœur. Henry III.
en fut mauuais marchant: il osta la venalité &
empescha les resignatiõs en quatre vingts deux,
trois, quatre, cinq, six & sept: & en quatre vingt
huiçt toutes les villes de France se reuolterent
contre luy. Ie sçay bien qu'il y auoit d'autres
causes malignes concurrentes à ceste sedition,
mais, croyez-moy, celle la ne poussa pas peu à
la roüe. Naturellement les peuples ayment le
changement, & s'y portent s'ils ne sont retenus
par la crainte des punitions. De façon que lors

que les Magiſtrats ou les incitent ou font ſem-
blant de ne les veoir pas, tout ſe precipite à la
confuſion. Sans doubte que la Paulette eſt vn
grand mal, mais elle a produit pour le moins ce
bien durant nos derniers mouuemens, que pas
vn officier ne s'eſt dementy de ſon debuoir. La
raiſon de cela eſt, que le prix tres-grand de leurs
offices les intereſſe tous à la conſeruation de la
paix, & à la manutention du ſeruice du Roy: &
qu'on en diſe ce qu'on voudra, les hommes
n'ont point de plus forte chaiſne que leur intereſt, ny de paſſion qui les emporte plus violentement. Toutesfois, Meſſieurs, ſi vous voyez
l'eſprit du Roy porté à reformer tout ſon Royaume, & à ſoulager ſon peuple, donnez hardiment conſeil de guerir toutes ces trois maladies
enſemble: auec ces precautions il ny aura rien a
craindre: Dieu ſe meſlera de la partie, & fauori-
ſera indubitablement vne ſi ſainćte reſolution:
pourueu que l'ordonnance ſoit ſuiue pour les
ſuppreſſions, & pour les nominations ez offices
ſinguliers. Sur la demande des Eſtats generaux
derniers, la Paulette fuſt oſtee, qu'en arriua-il?
Les premiers offices qui vacquerent furent donnez à des valets de chambre, & à des cheuaux
legers: il y en eut parmy eux qui furent aſſez in-
ſolens pour enfoncer les portes d'vn officier
malade, à fin de voir s'il eſtoit encores expiré:
Ceſt outrage excita de ſi grandes clameurs, que
le Roy fut contrainćt de continuer ce droićt
pour trois ans.

Si vous aymez l'Eſtat, faićtes qu'on n'oſte

pas la difpence des quarante iours, fi on n'ofte en mefme temps la venalité : autrement vous verrez tout à coup les Parlemens denuez de ces vieux arcboutans qui les fouftiennent, lefquels fe déferont de leurs charges trois mois apres: Et outre, la plus part de ceux qui voudront courre la fortune feront fans doute leur compte, & tafcheront dans le temps de la ieuneffe & de la force à fe recompenfer du prix de leurs offices, & le public en patira.

Voicy encores vn expedient pour diminuer le prix des offices, & donner beaucoup de luftre aux compagnies fouueraines de France. Affectez incommutablement à la nobleffe le tiers de toutes les charges de iudicature, & obligez neceffairement ceux qui y voudront entrer à faire vne preuue tres exacte de quatre races, fans que perfonne en puiffe eftre difpenfé. Vous rendrez par ce moyen à ceft ordre partie de ce que fa negligence & la corruption du fiecle luy ont ofté.

Donnez aduis au Roy qu'il face des Grands iours, qui feruent non feulement contre la Nobleffe, mais encores contre les officiers de Iuftice, qui fans mentir exercent des tyrannies infupportable. Et à fin que ceux de la Religion pretenduë reformee n'ayant pas fubiect de fe plaindre, & d'oppofer l'Edit de Nantes, qui eftablift des Iuges pour eux, mettez-en deux des leurs dans cefte chambre, comme au Parlement de Paris, au pis aller cela ne doit point arrefter vn remede fi abfolumét neceffaire & defiré de tout le monde auec tant de paffion, parce qu'il fau-

dra que ceux qui voudront auoir leur renuoy,
se remettent en estat ; autrement on procedera
contre eux suiuant les Ordonnance.

Outre ces remedes il y en a encores d'autres
qui peuuēt grandement seruir à la reformation
de la Iustice. Puis qu'il n'est pas possible de rendre ambulatoires tous les Parlemens de France
à cause de la despense : imposez pour le moins
ceste loy à tous les premiers Presidens, & à tous
les Procureurs generaux. C'est le moyen de faire obseruer religieusement les ordōnances dās
ces compagnies, & d'y remettre la discipline, au
lieu qu'à ceste heure le plus hardy d'entre-eux
n'oseroit auoir fait vne remonstrance au dernier
des Conseillers : parce qu'ils veulent tous s'authoriser & establir leur credit. Ostez-leur cest
interest: vous verrez que chacun à l'enuy fera à
qui mieux mieux dans son departement , &
n'ayāt qu'vn an a estre en vn lieu, choquera in-
differement tous ceux qui ne feront pas bien.
Que ceste mesme loy soit obseruée pour tous
les Lieutenans generaux & Substituts ez sieges
subalternes, sans sortir neantmoins de l'enclos
de leur Parlemens.

Sire , il ne suffit pas d'auoir estouffé ce
monstre, qui vomissoit le feu & la flamme pour
embraser cest Estat, & de qui les desseins n'al-
loient à rien moins qu'à ruyner ce grand Empire , à qui la suitte de douze cens annee na peu
apporter que de l'accroissement, les ennemis
que de la gloire. Il ne suffit pas, di-je, pour res-
pondre aux belles esperances que ce genereux

commencement nous à faict conceuoir de vostre Majesté: Pour rendre l'ouurage parfaict, &
meriter ce sainct & auguste tiltre de Iuste : il
faut que vous chassiez de vostre Estat ce démon
de procez & de chicanerie ; ce vautour affamé
qui ronge les entrailles de vos subiects. Comme
nous vous deuons absolument & sans condition
toute sorte de fidelité & d'obeissance, vous nous
deuez aussi la iustice : c'est vne relation necessai-
re que Dieu a mise entre les Princes & leurs
subiects , dont il s'est rendu luy-mesme non
seulement iuge & arbitre , mais aussi garant &
vengeur : ce seroit tromper vostre Maiesté que
de luy celer que les Roys sont responsables deuant Dieu , & de ce qui se faict en leur presence
dans leurs Conseils, & en leur absence par leurs
Officiers. Voyla pourquoy ce Roy Prophete
demandoit pardon des pechez mesmes qu'il n'a-
uoit pas commis, iugeant bien qu'il deuoit rendre compte de ce que ses ministres auoient for-
faict soubs son auctorité, & sans son sceu. Vous
auez gousté la douceur que c'est à vn Roy d'e-
stre aymé cherement de ses subiects : ces grandes acclamations , ces feux de ioye, ceste fureur
extraordinaire d'auoir arraché du tombeau ce
que vous n'aymiez pas, & n'auoir pas pardonné
aux cendre vous ont sans doubte touché au
cœur. Face le ciel que vous n'esprouuiez iamais
le contraire. O que c'est vn rigoureux fleau de
Dieu & fascheux à supporter! Pardonnez-moy
si ie vous remets si souuent deuans les yeux l'exemple de Henry III. Il est aduenu de nos iours

& les principaux ministres de vostre Conseil en
sçauent les moindres particularitez. A l'âge de
quinze à seize ans il gaigna des batailles, il fut
appellé à des couronnes estrangeres par les plus
belliqueuses nations de l'Europe, où il força le
Turc par la crainte de ses armes de faire la paix
auec la Chrestienté:à son retour c'estoit la ter-
reur de ses ennemis, l'esperance de ses subiects,
l'asseurance de ses alliez, adoré de son peuple.
Et neanmoins sur la fin de ses iours iamais Prince ne fut hay à l'esgal de luy : chassé honteuse-
mēt de Paris, reduit à disputer les faux-bourgs
de Tours contre ses sujects reuoltez:bref,mal-
heureusement assassiné à sainct Clou. Qui cau-
sa cest estrange changement? son Conseil : la
mauuaise creance qu'il auoit prise que tout luy
fust permis.Vn des plus puissans Empereurs du
monde disoit qu'il estoit par dessus les loix:mais
neantmonis qu'il estoit obligé plus que tous les
autres,de viure selon les loix:parce que chacune de ses actions estoit tiree a consequence & à
exemple. Ces gardes qui veillent nuict & iour
autour du Louure ,ne seruent qu'au faste & à
l'apparat: l'amour des peuples est ce qui garde
la personne des Roys, & celuy là, quoy qu'on
vous die, S i r e, ne se peut acquerir qu'en les
aymant reciproquement: Traittez- les comme
vos enfans,& indubitablement ils vous honore-
ront comme leur pere : & sur tout souuenez-
vous que vous n'estes pas Roy seulement des
Courtisans, mais de quarante millions d'ames
que Dieu a mises sous vostre charge : vous

auez mille moyens de leur bien faire : & foula-
ger voftre peuple quant & quant.

La verité ne frappe iamais à la porte du Ca-
binet des Roys : ceux qui y font la preffe ny
viennent pas pour donner de bons confeils ny
de falutaires aduis. Chacun entrât dans le Louure faict reflection fur fon intereft, & compofe
fes actions & fes parolles à la complaifance &
à la flattetie. L'hiftoire conte pour miracle la
refponce de Poton & la Hire au Roy Charles
VII. Si doncques, SIRE, ce difcours eft plus
libre que celuy des Courtifans ordinaires, ne
condamnez pas pourtant la fidelité où l'affection de fon autheur : leur deffein n'eft autre
que de faire leurs affaires : le mien de vous feruir, au peril mefme de ruyner ma fortune.